Edición original publicada en Bélgica por Clavis Vitgeverij
Amsterdam - Hasselt 1997, con el título Nieuwe laarzen
Texto e ilustraciones:
© Clavis Uitgeverij Clavis, Amsterdam - Hasselt
Todos los derechos resevados

© EDITORIAL JUVENTUD, S. A. 2002
Provença, 101 - 08029 Barcelona
e-mail: editorialjuventud@retemail.es
www.editorialjuventud.es

Traducción de Christiane Reyes
Primera edición, 2002
Depósito legal: B. 33380-2002
ISBN 84-261-3257-X
Núm. de edición de E. J.: 10.084
Impreso en Bélgica por Proost. NV

Botas NUEVAS

Guido Van Genechten

Editorial Juventud

Jan tiene unas botas NUEVAS.

Uno, dos, tres y cuatro, marcando el paso.

Con sus botas puede MARCHAR...

¡GOL!

Con sus botas puede
CHUTAR...

Con sus botas
puede
ESCALAR...

Con sus botas puede SALTAR...

¡Yuju!

Con sus botas puede
CORRER...

bedrijven die een geste willen doen
distributeur van de Réunion
voetbalstadionloge op het
Zo ontstond een aanbod van
Nationaux in

Con sus botas puede BAILAR...

Con sus botas puede CHAPOTEAR...

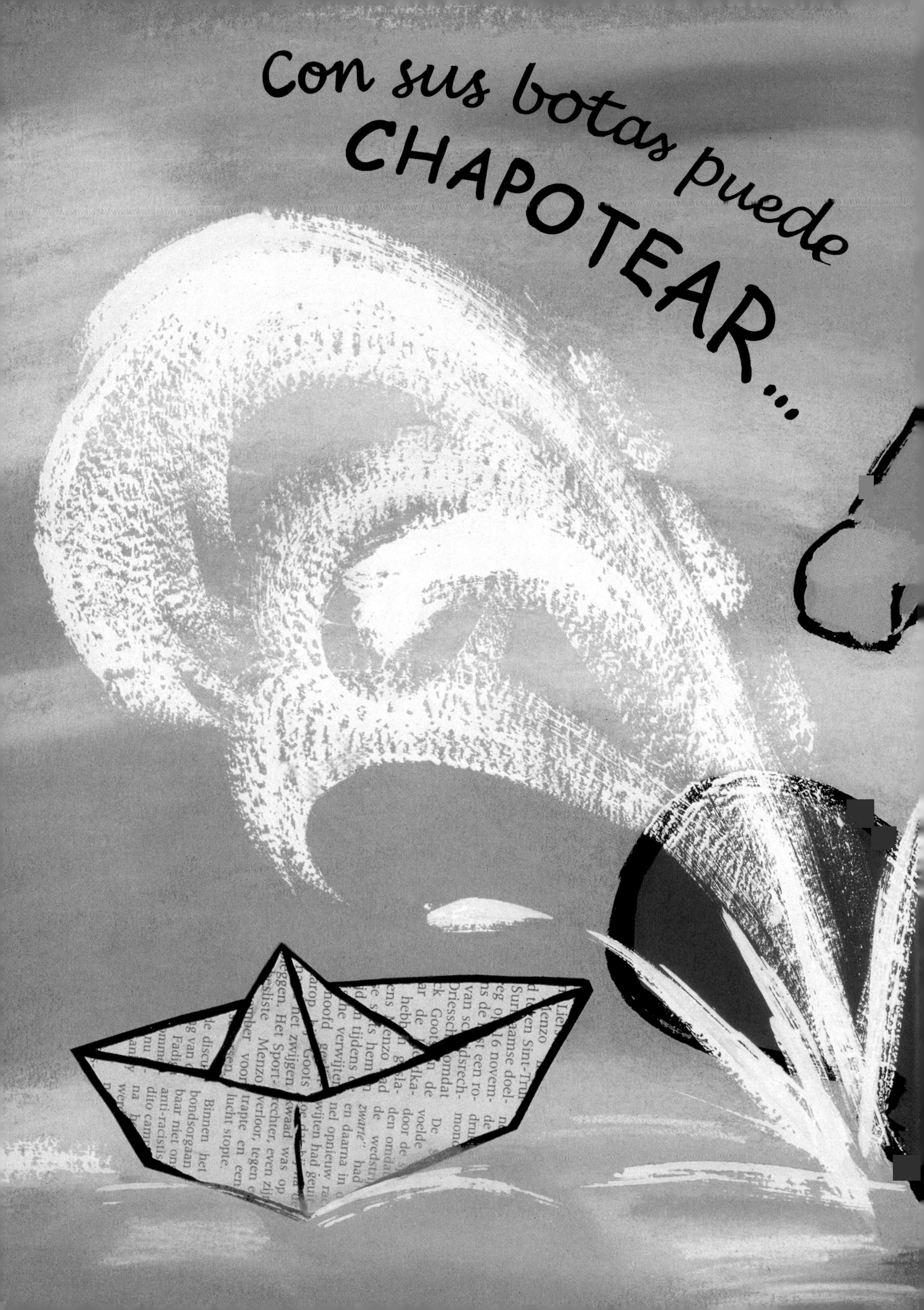

Con sus botas puede
CAMINAR
por el agua...

Y con sus botas **NUEVAS** puede sostenerse sobre un solo pie...

Jan piensa:
Estas botas son
SUPERBOTAS

y mañano
podré
volver a
ponérmelas.